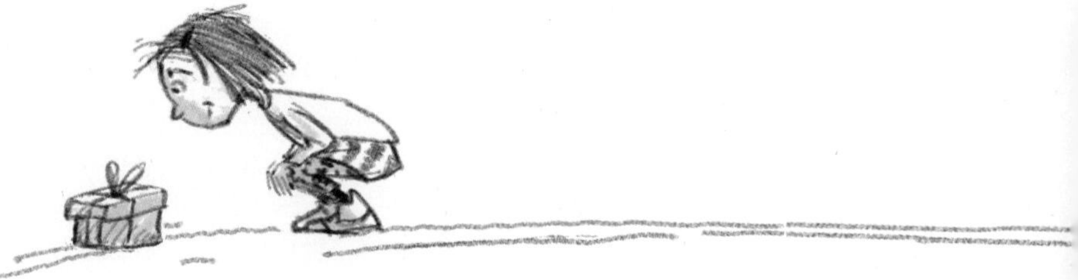

别说你懂我

我只是个小孩

〔德〕尤塔·里希特 著 〔德〕希尔德加德·穆勒 绘

朱雁飞 译

人民文学出版社
PEOPLE'S LITERATURE PUBLISHING HOUSE

著作权合同登记号：图字 01-2022-4496 号

Author: Jutta Richter, Illustrator: Hildegard Müller
Ich bin hier bloß das Kind

图书在版编目（CIP）数据

我只是个小孩 / (德) 尤塔 · 里希特著 ; (德) 希尔德加德 · 穆勒绘 ; 朱雁飞译. -- 北京 : 人民文学出版社, 2023
（别说你懂我）
ISBN 978-7-02-018033-2

Ⅰ. ①我… Ⅱ. ①尤… ②希… ③朱… Ⅲ. ①儿童小说 – 中篇小说 – 德国 – 现代 Ⅳ. ①I516.84

中国版本图书馆CIP数据核字(2023)第103990号

责任编辑 朱卫净 杨 芹
装帧设计 汪佳诗

出版发行 人民文学出版社
社　　址 北京市朝内大街166号
邮政编码 100705

印　　制 山东临沂新华印刷物流集团有限责任公司
经　　销 全国新华书店等

字　　数 54千字
开　　本 890毫米×1240毫米 1/32
印　　张 3.875
版　　次 2023年7月北京第1版
印　　次 2023年7月第1次印刷

书　　号 978-7-02-018033-2
定　　价 35.00元

如有印装质量问题，请与本社图书销售中心调换。电话：010-65233595

目 录

第一篇

让我介绍一下我的家

我叫汉娜，我是这个家的孩子。其实，我的全名叫作汉娜·玛丽亚·玛格达莱娜·克尼斯佩尔。只不过，没有人会这样叫我。

我们已经搬来米伦路 13 号几个星期了。

这里很好，我是肯定不会再从这儿搬出去了。

妈妈说，总有一天，孩子们都会搬出去的。妈妈说，这就是事情的真相——孩子们会长大，然后奔向他们自己的世界。妈妈说，你就等着瞧吧，你会等到那一天的。

说着这话，妈妈还摆出了一副“我就是知道”的表情：嘴巴噘起，眉毛上扬，乌溜溜的眼睛睁得像鹅蛋。

所以，如果你们要上当，那就上吧，我没意见，但我不会。我心里一清二楚，妈妈是错的。

首先，我永远不会长大。其次，我一点儿也不想去外面的世界，最多也就是出去度个假，最多，最多，也就三个星期。

这座新房子可真漂亮，里面的环境可真好。我有两个房间，一个游戏室和一个卧室。怎么，你们不信？嗯，好吧，其实一开始我也不信。

平常，他们总是很早就叫我上床睡觉，说是明天要上学什么的。那天大概在11点左右吧，我醒了，被吵醒的，客厅传来了很大的吵闹声。

妈妈喊道："在这里，就是它，我一直在找它！"

"你疯了，"艾伯哈特说，"这是个垃圾场，建于1748年！你还是忘了它吧！"

"但是房子看起来很不错啊，"妈妈说，"还有价格！你看看这价格！这么便宜，我们的存款完全可以支付！你甚至可以加建一个边房，专门放你的摩托车。噢，我在说什么呢，不是加建一个，是两个专门的房间，两个！"

妈妈说到这里的时候，客厅里一下子变得超级安静。你们得知道一点，对于艾伯哈特·迈斯特曼来说，只有三件事是绝对神圣的：第一，就是他的家人，也就是妈妈和我；第二，是他每个周日早晨的懒觉；这第三嘛，就是他的摩托车啦。那是一辆巨型的“宝马”座驾，以前停在警察局的停车场里，而现在，在我们家的迷你停车库里停了有两年。

“千千万万的小男孩之所以想当警察，只是因为他们想坐上这样的机器！”艾伯哈特说道。

我的自行车，甚至连停在它附近都不可以。假如我偷偷地摸一下他的摩托车，艾伯哈特就会像个会弹跳的小鬼一样，不知道突然从哪儿蹦出来，用鸡毛掸把我掸走，仿佛在驱赶一只讨厌的苍蝇。自从得到这辆摩托车之后，艾伯哈特的口袋里就总是插着一根掸子。他会时不时地往车子的黑漆上哈口气，然后再擦亮它。有时候，当他朝车子哈气时，看起来就像在亲吻他的摩托车。

我觉得，艾伯哈特举根鸡毛掸的样子，真是尴尬啊。

他身高超过两米，有超宽的肩膀和巨大的双手。

他非常强壮，在游泳池里，他可以同时把妈妈和我举过他的肩头，然后再一起扔进冷水里。当救生员气急败坏地跑过来，准备骂我们的时候，艾伯哈特仅仅俯视了对方一眼，而救生员不得不仰视他，然后，救生员就放弃骂我们的计划了。所以说，长得高，还是相当有用的。

妈妈总是说艾伯哈特能摘到云彩，这当然不是真的。“你无法亲眼所见，就得自己去臆想。”妈妈说着就笑了。

我的妈妈叫乌特，但她所有的朋友都叫她“小蜜蜂”。

“我亲爱的小蜜蜂。”每当艾伯哈特这样叫她时，俩人就会互相亲亲脸。真是太令人尴尬了。

妈妈的个头相当娇小，小到都望不到面包店的柜台以上。她说，每次去电影院看电影，售票处都要她出示身份证，否则就不让她进去。这就有点儿夸张了。不过，我的妈妈确实长得很矮小，但是在夸张这一点上，她也很擅长。

很可能，这就是她之所以能拿下这所房子的原因。

不管怎么说，反正那天晚上，就是我听到客厅里有吵闹声的那天晚上，她把艾伯哈特搞定了。“一个专属于他的摩托车房，噢，也许还是两个……”

“好，如果是这样的话，那我们明天就去看房子吧，我亲爱的小蜜蜂。”在考虑了良久以后，艾伯哈特这样说道。于是，我赶紧拉起被子盖住头，这样我就不必听到他们亲吻的声音了。

我认识的大多数孩子的妈妈，身高都挺正常的，大多数孩子的爸爸身高也很正常，大多数孩子自己的身高也正常，除了我。我一直都是最矮的，从幼儿园开始就是这样，而且可能永远也不会改变。

可惜的是，艾伯哈特只是我的第二任爸爸，这就是为什么我不可能从他那里获得遗传基因的原因，妈妈说的。

我的第一任爸爸和我的妈妈一样矮小。他现在住在澳大利亚，那是世界的另一端。当这里是夏天时，我的第一任爸爸那儿就是冬天。他去澳大利亚的时候，我还只是个婴儿。妈妈说，我的第一任爸爸患有一种不治之症：流浪癖。如果你患了这种病，你就会总想离开家，去很远的地方。而我的第一任爸爸真的去了很远的地方。

妈妈说，过去的事都已经过去了，最重要的是，我们俩不必去。

有时候晚上，躺在床上时，我会在脑海中想象妈妈和我还是跟着我的第一任爸爸一起去了澳大利亚，于是我的英语说得比我的英语老师米勒小姐还要好，而我们的花园里会有真正的狐蝠，而不是蝙蝠。但是，也许我跟我的第一任爸爸根本合不来，或者说，是他跟我合不来，也许他会一直对我唠唠叨叨，怨我一直长不高。

随便他们吧，反正，大人们总是想做什么就做什么，而我……只不过是这个家里的小孩。

第二篇

妈妈发火了

外婆总说，她能找到我。外婆还总说，她一闻，就知道我人在哪儿。

在外婆家，我最喜欢躲在沙发底下，那儿是公猫穆尔克的秘密基地。白天，它在那儿睡大觉，这样晚上它就能精神百倍地去抓老鼠。

学校放秋假的时候，妈妈和艾伯哈特搬了家。如果你们以前从未搬过家，那你们就偷着乐吧，因为搬一趟家，什么都找不到了。从牙刷到橡胶滑梯……有些东西甚至就这样永远消失了。

妈妈曾经说过："搬家的箱子是真的会吞东西的。"而且，她甚至听说有些孩子在搬家的时候就这样没了，凭空消失了。所以，我最好还是搬到外婆家去住一段时间吧。

这是一个十月的下午，我整个人都懒洋洋的。外婆的 CD 机里缓缓地传来伴有雨声的音乐。

我平躺在地板上，然后挪进沙发下面。穆尔克朝我轻轻眨了一下眼，嘴里呼噜着，又继续睡了。

我伸出胳膊，挠了挠穆尔克厚实的肚子，在它的呼噜声的陪伴下，也沉沉睡去了。

当我再次醒来时，我听到穆尔克气喘吁吁的声音，仿佛后面有成百上千条狗在追赶它似的。起初，我以为是它在做噩梦，但后来，我看到它的眼睛睁得大大的。它弓着背，喘得更厉害了。外婆的雨天音乐继续“叮叮当当”，在整个房间里回响。穆尔克使劲喘了一大口，紧接着，它的后腿之间就出现了一个黏黏的、湿湿的黑色肿块。只见它立即舔舐那个肿块，看上去像要把它吃掉一样，但此时，那个肿块却发出了“吱吱”的尖叫。我突然明白过来发生了什么，公——猫——穆尔克——生小猫了！那是一只好小、好小的新生小猫。穆尔克把小猫全身上下舔了个遍，舔掉了包裹着小猫的黏糊糊的薄膜，并吃了下去，然后它咬断了小猫的脐带——当着我的面！

“外婆，”我大声喊道，“外——婆——”

穆尔克对着我，继续发出“呼哧呼哧”的声音。而外婆的书房里则传来“哐当”一声。

“哦，我的天呐，”外婆骂道，“你怎么可以这样吓我？害得我把杯子都打破了！这可是我收藏的最好看的杯子！着火了吗？地震了吗？世界末日了吗？你喊成这样，最好有一个充分的理由！可你到底在哪儿？”

这会儿，我看到了外婆涂着红色指甲油的脚趾甲，因为她就站在沙发跟前，只是，她的嗅觉今天似乎不灵了。我伸出手来，拍了拍她的脚。

“穆尔克在生小猫！”

“别胡说八道，”外婆说，“穆尔克是公猫，公猫是不会生小猫的！”

此时，小猫咪已经蜷缩在穆尔克的肚子上，吮吸着一个奶头。

“外婆，我发誓！”

“别动不动就发誓！”外婆说道，“怎么可能有公猫生小猫这种事！”

与此同时，穆尔克又开始喘气了。

“那您就蹲下来看看吧。”我说。

“稍等，我去拿个手电筒。”

我看到外婆的脚朝门厅走去。穆尔克依旧在大喘气。它的背弓得异常厉害，它的后爪还抵在我的腿上。

手电筒的光束打在穆尔克身上时，它正在舔第二只小猫。“哦，看在老天的分上！”外婆叫道，“千万别把它吃了啊！”

我咯咯地笑了起来。

“不，外婆，它只是把小猫舔干净！”

“哦，还有一只躺在那里，多可爱啊！”

外婆费劲地想挤到沙发底下来。

你们要知道，我的外婆虽然只比我高两个头，可是她的身子像一个大健身球一样圆。就连幼儿园的小朋友都知道，健身球是不适合放在沙发底下的。

体力不支的外婆只好唉声叹气。

“别了吧，外婆！”我说，“您要是被卡住了，我可帮不了您！”

“小穆尔克，来，”外婆一边低声唤着，一边还在尝试往里面挤，“咪咪，咪咪，小穆尔克，过来，过来！”

可是穆尔克不听外婆的，就像外婆也不听我的一样，然后，事情就这样发生了。

“宝贝，”外婆咕哝道，声音非常小，“宝贝，我被卡住了。”

你们相信我，我真的想尽了一切办法来解救外婆。我拉过她的腿，试过抬起沙发，只可惜，我力气

太小。沙发太重了，外婆像葡萄酒瓶的软木塞一样，被卡得死死的。在此期间，穆尔克又生了两只小猫，可我没能看着它们出生，因为我必须帮助外婆。

我打电话给妈妈，她气坏了。

“怎么可能？！”她大喊道，“你在开玩笑吧！怎么，我是在疯人院吗？把电话给你外婆，马上！”

我一言不发地把电话推到沙发下面。我替外婆感到难过，因为妈妈的血压绝对已经飙到了一百八，而当她飙到一百八的时候，她就会“河东狮吼”，声音大得足以把你的耳朵震下来。

“嘿，您在想什么呢？我这里有一堆箱子要收拾，正犯愁要把哪个箱子弄到哪个房间呢，您却把自己卡在沙发下面了？不要跟我扯什么公猫的蠢故事……这真是我听过的最愚蠢的借口。在编借口方面，您的想象力还不如孩子……”

就这样，妈妈挂断了电话。

我从外婆旁边钻到沙发下面，然后我们一起感叹这场生命的奇迹。

“好吧，我不得不承认，我们的穆尔克绝对不是

一只公猫。”外婆一脸尴尬地低声说道。

不知何时，门铃响了。

“那么，我们被困住的外婆在哪里呢？”艾伯哈特·迈斯特曼问道。

三十秒钟后，外婆又站了起来，她那红色的脚趾甲也露了出来。她一言不发地走进厨房，找出一个纸箱，放了一个旧枕头进去，还在上面盖了一条软毛巾。

“艾伯哈特，能不能麻烦你，把沙发再抬起来？”她温柔地说着好听的话，“要是你能把沙发再往后挪一米，那就再好不过了。”

艾伯哈特深吸一口气，抬起了沙发。当他再次放下沙发的时候，穆尔克和四只小猫咪已经躺进箱子了。

“天呐！”艾伯哈特摇了摇头说，“一只公猫居然生了小猫！嘿，如果我告诉小蜜蜂……”

“最好不要！”外婆和我异口同声道。

晚上，妈妈打来电话，为自己白天的大吼大叫道歉。“都是因为压力太大，我神经过敏，还有所有这些乱七八糟的事情，让我的心情糟透了！”她说，“别生气了，求求您了！”

这是我一生中最美好的秋假。外婆和我看着小猫一天天长大，变得越来越圆滚滚、毛茸茸。

当它们没在吮吸穆尔克的奶头的时候，我就可以把它们抱在手上，闻着它们。我发誓，没有比新生的小奶猫更好闻的了。它们闻起来像温牛奶的味道，还有一点儿猫的唾液的味道。

外婆给穆尔克买了最贵的猫粮，用手机给它们拍了至少五百张照片，而且今天，她还答应送我一样东西。

一样我知道妈妈肯定不会同意让我拥有的东西。

外婆答应送我一只猫。

“这事交给我！”外婆说，“我会说服你母亲的！”

一开始，我试着尽量不要太高兴，因为反正不会成功。

可是，我完全控制不住。我实在太高兴了，但是只能先偷着乐。

反正，大人们总是想做什么就做什么，而我……只不过是这个家的小孩。

第三篇

我得戴上潜水镜

秋假的倒数第二天，阳光明媚，天空蓝得我简直想跳进去。

妈妈打来了电话。家搬好了！

“一切都准备好了！”她说，“亲爱的，你一定会感到惊讶的！”

我的旅行包已经收拾好了，里面装了牙刷和雨靴，就放在外婆家的门厅走廊里。

在旅行包的最上层，外婆放了一个小包裹。

“后天才能打开，明白吗？”

我点了点头，咽了一口唾沫。

“兴奋吗？”外婆问道。

我点了点头，又咽了一口唾沫。

我上次看到那所房子的时候，那儿还是一个巨大的建筑工地。到处都是墙纸的碎片、建筑垃圾和油漆桶。墙上满是洞，楼梯也没有栏杆。总而言之，那所房子看起来更像是一个冒险游乐场，而不是一所公寓。

唯一能看到别的东西的人，只有妈妈。

“来看这儿，这儿是你的卧室！”

妈妈把我领进了一个散发着霉味的小房间，墙上的壁纸被扯掉了一半，只剩下半截玫瑰花的图案。

“这儿不好吗？你的衣柜可以放在那边，靠着墙，你的床放在这边，挨着门！怎么样？喜欢吗？”

“嗯……所以……哎……”

“现在先不要说话，宝贝！我发誓，这儿一定会是小孩子睡过的最漂亮的卧室！现在，我带你去看看你的游戏室！”

我未来的游戏室看起来比我未来的卧室还可怕。不管我怎么努力，我还是无法想象它会变成什么样子。妈妈用最绚丽的词语为我描绘，但我就是看不到她所看到的东西。

“听我说，宝贝！”外婆说，“我认识你母亲的时间可比你长多了。如果说有什么是她真正擅长的，那就是修缮、布置房屋。你会看到的！而且，你会喜欢的！”

“如果不是您说的这样，那我就搬来跟您和猫咪们一起住！”

外婆笑了，她圆圆的肚子也跟着一起抖动。

我们坐上了敞篷车，外婆允许我坐在她旁边的副驾驶上。“坐后面你会被吹走的！”她说，“后面风大，大暴风！”

一路上，外婆把汽车收音机的声音开到最大。在一家冰激凌店前，她停了下来，递给我两欧元。

“给我一个马拉加葡萄酒味的冰激凌球，放蛋筒里！”她边喊边向卖冰激凌的人挥了挥手。外婆有时候真叫人尴尬。

我要了一个柠檬味的冰激凌球。

“哦，我亲爱的宝贝！”外婆说，“没有什么比在敞篷车里吃冰激凌更美妙的了！”

这话说得对，也不对，因为撸小猫就比这个更美妙！

“哈，这事你很快就可以实现了，每天都可以！”外婆说道，“可是下一次在敞篷车里吃冰激凌，就得等到明年五月了。”

我不知道为什么外婆这么肯定妈妈会允许我养猫。从我记事起，我就想要一只自己的猫，但妈妈总是说，这绝对免谈，而且丝毫不在乎我看起来有多悲伤。相信我，我悲伤起来的样子就连我们的班主任——严格的哈森夫人见了都会心软，连硬汉艾

伯哈特·迈斯特曼看了也会不禁流泪。我这副悲伤的表情，可是在镜子前练习了好几个小时的呢。你只需要睁大眼睛，让你的下嘴唇颤抖，然后眼泪就会自己流出来。

可是妈妈却说："我决不允许猫进我的房子！什么都不用再说了，就这样，没什么可讨论的！"

伴随着刺耳的轮胎声，外婆拐进了我们新家所在的那条街。在新房子前，她再次猛踩油门，让发动机发出轰鸣声，然后又按了三次喇叭。

不知为何，我本来是想静悄悄地搬进去的，但是跟外婆一起，你就不可能静悄悄。我用眼角的余光可以看到，周围房子的窗户上的窗帘在动。

"哎呀，外婆！您非得闹出这么大的动静不可吗？"

"可是小宝贝，"外婆大声叫道，"我们也没有什么需要藏着掖着的呀，不是吗？"

说着，她朝着那些窗帘的方向鞠了个躬，俨然一副正在舞台上接受掌声的歌手的模样。

我真希望自己是隐形人。正想着，门开了，妈妈和艾伯哈特朝街上冲了过来。

“你们终于到了！”妈妈喊道。她的手里拿着一副用纸玫瑰装饰的潜水镜，镜面还用纸贴住了，不透光。我已经预感到了最糟糕的情况，心里默念道：“哦，不要！”可她已经先我一步开口了。

“我的宝贝，我最亲爱的小汉娜，来，戴上这副潜水镜！”妈妈说道。

我知道这个游戏，是妈妈最喜欢的电视节目里的。首先，人们得戴上这种眼镜蒙住视线，然后被领进新装修好的公寓，里面摆满了新家具和好多点燃的蜡烛，以前的墙纸已不复存在，甚至连楼梯也换了位置。进入了房间，他们才被允许摘下眼镜，然后他们开始哭喊。很可能是因为他们啥也认不出了，因为节目组把所有原来的漂亮东西都扔掉了。

这些哭喊着的人的新公寓看起来总是很不舒服，就像某个巫婆开的家具店的橱窗一样。我是真的不想住在那里面。

我眼睛的余光最后瞥到的刚好是丹妮·罗希特，她正从隔壁的窗户里望着我们，咧嘴笑着。

“等一下，”艾伯哈特叫道，“待在那儿别动！我拍张照片！”

现在我已经什么都不在乎了。反正，大人们总是想做什么就做什么，而我……只不过是这个家的小孩。

第四篇

我干了一件蠢事

当然，丹妮·罗希特一刻也没闲着。我猜，她已经在打电话了，正当艾伯哈特拍照的时候。

不管怎样，反正在假日后的星期一，所有人都知道了这件事，就连全年级的同学也知道了。下面是学校里的传言。

丹妮·罗希特说，是电视台帮我们装修的新房子。因为我们是群无赖，啥都不想自己动手。

“我只想知道，是谁向电视台推荐了你们！”丹妮咯咯地笑道，“是你那疯外婆吧，她总是那样大喊大叫！我说的对吧，哈哈哈？”

妈妈总叫我不要跟人吵架。她说：“如果有人想找碴儿，你就转身走开。”可我发誓，有些时候，你没法转身走开。有时候，事关家族荣誉，如果只是转身走掉，那是懦弱和愚蠢的行为。

“我说的对吧，哈哈哈？”丹妮·罗希特挑衅地问道。其他人围着我们站成一圈，龇牙咧嘴，咯咯地嘲笑着，还伸长了脖子，生怕错过丹妮的任何无聊言行。此时，我的耳朵里开始嗡嗡作响，我感到一股巨大的怒火在我的体内升腾。我原本能听到丹妮的嘲笑声，只是现在这嘲笑声又笼罩了一片“嗡嗡”的声音，仿佛一群蜜蜂正向我们飞来。我感觉到自己的脸红了。我看了看自己手中的可可饮料盒，发现我拿着盒子的手慢慢地抬了起来……

“噢，汉娜！请告诉我，你没那样做！”妈妈说。

这会儿我正在校长办公室里，跟学校的心理辅导老师待在一起。女校长给妈妈打了电话，然后把话筒递给了我。

“我现在就去接你！”妈妈说。在电话的那头，她的声音听起来好像马上就要开始哭号了。

“我们的校训是什么？”女校长问道。

我盯着自己的鞋尖。

“请回答，汉娜·克尼斯佩尔！”

“没有暴力。”我低声说道。

“我听不见！”

“没有暴力。”我咕哝道。

“大点儿声！”

“没有暴力！”我吼道。

“你应该使用你的停止口令！”心理辅导老师说。

“你没有忘记你的口令，对吗？”

“但我想……”

“现在听我说！停止口令是你最重要的词！停止口令的意思就是停止，立即停止，它是极限，这一点大家都知道！如果你知道你的停止口令，那你就不必动手。你的同学会尊重你的停止口令。”

“可是丹妮……”

“这跟丹妮没关系，汉娜！现在说的是你和你的停止口令。没有停止口令，你就会犯错！”

我讨厌这个学校的心理辅导老师。她的名字叫舒尔特-迈尔巴，她从来不让你说完，也从来不会倾听。

停止口令是给幼儿园的小朋友准备的，他们才相信这种口令，他们还相信有圣诞老人呢。而我们都已经四年级了，四年级已经有真正的战争了！你可以忘掉你的停止口令！

舒尔特－迈尔巴夫人根本没把我们当成四年级生，否则，她就不会跟我们扯这些关于停止口令的

废话了。对舒尔特－迈尔巴夫人来说，世上只有好孩子。这些好孩子在学校操场上互相撞了一下，然后喊出他们的停止口令，一切就都好了。

但事实并非如此！像丹妮·罗希特这样的人，就算你倒在地上了，她都不会停下来，而且只会嘲笑你的停止口令。像丹妮·罗希特这样的人，随时能发动一场最阴险的战争。她说起谎来根本不用打草稿，而且一点儿都不会脸红。

有一次，我把我崭新的铅笔借给了她，当然我并不情愿，是哈森夫人问我要的，因为她想在课间休息时给丹妮讲解一点儿东西，而丹妮找不到自己的铅笔。课间休息结束时，我想拿回我的笔，丹妮·罗希特却声称，那是她的铅笔，是她母亲昨天刚给她买的。

当然，我大声尖叫了起来。然后你们猜哈森夫人说了什么？

她说，对此她不能说什么，我们必须自己解决这件事。

于是，我就在课间休息的时候自己解决了——

用脚踹，用指甲抓，外加拽头发。通常情况下，我们在课间的时候打闹，老师都会睁一只眼闭一只眼，他们会转身去专注地啃自己的三明治，假装没看见。然而，这一次的课间休息却一反常态。我们的新英语老师米勒小姐突然空降到我们中间。我发誓我不是故意的，只是米勒小姐空降的时候，她的眼睛刚好落在了我的拳头上。

那支铅笔，我自然是没能拿回来。从那以后，舒尔特－迈尔巴夫人就总盯着我。而我不得不向妈妈发誓，我再也不动手了。

丹妮·罗希特并没有受到惩罚，尽管她就这样强占了我的铅笔。事实上，丹妮从未受到过惩罚。她极其受欢迎，甚至还是我们班的班长。所有女生都很仰慕她，都想跟她做朋友。也许是因为她有一头长长的金发，还穿着最贵的耐克鞋，拿着最新款的手机，她的房间里还有一台专属的电视，并且所有的东西都是粉红色的。她的朋友们都叫她丹丹，周末还和她开睡衣派对，到了周一她们又会聚在一起，窃窃私语，咯咯发笑。如果我碰巧站在她们旁边，丹妮·罗希特就会说：

“汉娜，我们正在跟大家分享我们生活中的秘密，现在轮到你了，请继续吧！”

那是怎样的一种生活？

当然，我本来是有机会和其他女孩分享我的秘密，就用我在新房子里拥有两个房间的事实，毕竟不是谁都能拥有两个房间。可是丹妮抢先一步，用她那拙劣的谎言打败了我……

我想，倒她一头可可饮料还是太便宜她了。

妈妈领着我，默默地走出校长的办公室。她把手搭在我的肩膀上，默默地推着我走下学校的楼梯。

我们默默地坐进车里，妈妈默默地开车离开。这让我确实有些不舒服。为什么妈妈什么都不说？她至少可以责骂我几句，但她并没有。

车子刚一转弯，妈妈就“哧哧”一声笑开了，笑得很开怀，直到笑得眼泪都顺着脸颊流了下来。

“可可！”她喘着气说，“一整盒的可可饮料！干得漂亮！绝妙！”

我不知道妈妈现在是不是疯了，不过此时的她

已经把车子停了下来，笑着把我搂进了怀里。

“小汉娜，你做得很好！”她继续笑着说。

“可是……”我结结巴巴地说。

“没有可是，我的宝贝！一切都很好。”

“哈森夫人和舒尔特-迈尔巴夫人可不这么想！”

“无所谓，”妈妈笑着说，“毕竟，你可是捍卫了我们家族的荣誉啊！”

就在这时，妈妈的手机响了。她接起电话，眼睛看着我，一根手指放在嘴边，做了个“嘘”的手势。

“是的，罗希特太太！不，罗希特太太！当然，罗希特太太！”妈妈柔声细语地说道，“当然，罗希特太太！您完全不需要操心，我们会向保险公司报告的。再见，罗希特太太！”

妈妈有点儿尴尬地咧嘴笑了笑，把手机塞回了她的大衣口袋里，然后说道：“捍卫了家族荣誉的人会得到奖赏！”

为什么要奖赏？现在我被彻底弄糊涂了。我是不是有必要担心点儿啥？妈妈是突然病了吗？还是她误解了什么？

照理说，把可可倒在别人的头上，应该会有大麻烦才对。比如，在家软禁三周，而且不准碰电脑，不准看电视，或者周六不准去电影院，取消零花钱，又或者被罚负责九个礼拜的扔垃圾和浇花。

把可可倒在别人的头上，怎么都跟奖赏扯不上关系呀。

难道，这世上的规则都变了吗？

而且情况每天都在恶化！不管我说什么、做什么，大人们都无动于衷，他们只管随心所欲，想做什么就做什么。

而我……只不过是个小孩。

第五篇

世界上最好的奖赏

今天就是外婆所说的“后天”。

我打开了外婆的包裹。

是一把超酷的粉红色毛刷。“用于毛皮护理”，外婆在一张纸条上写道。真是外婆的典型风格，再一次！毛皮护理！说得好像我们家有人浑身长毛一样。不过不管怎么说，这把刷子是真的很不错。

路过一间药房，里面有一份附赠猫咪海报的儿童报纸在售。我立马买了四份。药剂师虽然觉得奇怪，但挑了挑眉毛什么也没说，因为艾伯哈特也在场。

“四份？”艾伯哈特问道，“为什么？”

“每一面墙上都要贴一张猫咪海报！”

“懂了。”

路边堆了些大件垃圾。我超级爱拣大件垃圾，因为妈妈说，在那里面可以淘到真正的好东西。有一次，她发现了一个石膏做的天使。那是一个正在祈祷的石膏天使，有着镀金的翅膀和一张非常虔诚的脸。从那时起，它就一直待在我们家的厨房里。

我跑向那堆大件垃圾。一个床垫下半掩着什么东西，也许真的可以为我所用。是一个几乎全新的猫爬架，上面有一个可爱的猫窝和一个观景平台。“这种东西通常很贵。”外婆说。而我有足够的空间来安置——我有两个房间。

“可你没有猫！”艾伯哈特说。

“好吧，我可以把我的毛绒狮子放进那个窝里。哦，求求你了！”

我竭力地做出悲伤的表情，能有多悲伤就有多悲伤。我的下唇已经在颤抖，我的眼睛里充满了泪水。马上，它们就会溢出来。

“好，好，好！”艾伯哈特说，“你可千万别哭！”

他把床垫下的猫爬架往外拉了拉。他先向右看了看，又向左看了看，不见人影。

“那好吧！”

艾伯哈特把猫爬架扛在肩上，快步向前走去，边走还边腼腆地小声吹着口哨。

外婆管这种事叫免费采购。

“简直难以置信！这些人都扔了些啥啊，真是啥都扔啊！”

外婆从来不扔东西。她只会画一个牌子：“赠送！”

然后她会把她想处理掉的东西放在屋前。这一招一直都很管用。不过几分钟，外婆的东西就不见了。

“一个猫爬架！真好！”艾伯哈特和我走进厨房时，妈妈感叹道，“外婆见了一定会很高兴！”

“这不是给外婆的，是要放在我房间的！”

“啊？”妈妈扬起眉毛，“谁要在那上面磨爪子？”

“我的毛绒狮子！”

“这样啊，好，好，好！”妈妈说着，向艾伯哈特使了个眼色。

“嘿，我的大件垃圾英雄，过来吧！”

在他们又要开始接吻之前，我已经赶紧溜进了我的房间。我把猫爬架放在窗前。这样，猫咪从架子的第一个平台上望出去，就可以看到花园的美景——山雀们在苹果树上歌唱。外婆会说，这完全是给猫咪量身定制的电影。

我把我的毛绒狮子放进了猫窝里。

我在墙上挂起了猫咪的海报。

我躺到沙发上，望向外面的天空。

艾伯哈特曾经说过，在美国，有研究人员发现了新的云。

“一种以前从未见过的云，只在大风暴期间才会形成。”

“不知怎的，有点儿担心。”妈妈说。

我很高兴，美国离得这么远。我也很高兴，躺在我的沙发上，我只能看到正常的云。

顺便提一句，今天的天空特别漂亮。所有的云看起来都像猫。大猫，小猫，正在玩毛线球的猫，正从碗里喝牛奶的猫——一个真正的猫的天空。

如果我有一只猫，我就不需要朋友了。我可以对猫咪倾诉一切。什么丹妮·罗希特，什么学校心理专家，还有总是认为我有错的哈森夫人，都去他们的吧。它趴在我的肚子上，听着我的讲述，听完它会“咕噜咕噜”地叫唤，然后一切就会好起来。

不知怎的，我一定是做着我的猫梦睡着了吧，因为再睁眼天已经黑了。我卧室门前的地板上，有一个雪白的信封正在闪闪发光。我敢肯定，刚才它还不在那儿。我小心翼翼、蹑手蹑脚地走过去，把它捡了起来。翻过来一看，果然，上面写着我的名字，是妈妈的字，写得很潇洒。

嘿，多么神奇的一天啊。先是外婆的毛刷，然后是猫爬架，现在又是一封信。

我用微微颤抖的手指拆开了信封。

我亲爱的汉娜宝贝：

这是一封极为正式的承诺书，是一封合约书，可以在任何时候兑现。

内容如下：

鉴于我们的新房又大又旧，而且踢脚线后面还有很多洞（这一点可以问艾伯哈特，他知道），我决定，为可能存在的鼠患采取点儿防御措施。从一些内行的人（包括你的外婆）那里我了解到，抵御老鼠的最好方法就是养一只猫。那位尤其内行的专家（你的外婆）曾经说过，三周后，没有什么能阻止公猫穆尔克的一只幼崽搬进我们的房子。

所以，亲爱的，你会得到你的猫咪，我在此保证。

但你也必须承诺一些事，你得像我说的这

样做：

我，汉娜·克尼斯佩尔，在此承诺，我将每天清理猫厕所。此外，猫咪的喂养和毛发护理也都由我一人全权负责。

签名：

（乌特·克尼斯佩尔）（汉娜·克尼斯佩尔）

PS：现在，我想听听你那印第安人的尖叫！

这件事，妈妈可不需要等太久。我深吸一口气，随后，我们这条安静的新街道便响起了它永远都不会忘记的欢呼声。

“有必要这么大声吗？”一个男人的声音喊道。

“太不像话了！”隔壁传来一阵骂声。

我往窗外看去，在楼下，罗希特太太正用手指着我。我耸了耸肩。刚才是谁在叫？这我可不知道，你得问我母亲，罗希特夫人。

因为我……只不过是这个家的小孩。

第六篇

里奥纳·劳格动手了

我们班上一半的人留着齐腰长发，看什么都觉得超级可爱，最喜欢穿粉色的、闪闪发光的衣服；而另一半则很粗鲁，总是没法好好走过任何一条走廊，总要打打闹闹，把挂在墙边的外套都弄到地上才算完。

这些男生，不是在走廊里吵吵闹闹，就是在足球场上对抗，要么就是在游泳池里，用浮力棒打来打去。

他们唯一不做的事，就是听讲。

除了胖子贝拉。不过，他也是没办法，因为他实在太慢了，不适合足球和浮力棒之战。从本质上讲，他天生就更喜欢坐在椅子上，嘴里大口大口地嚼着东西，呆呆地望着黑板。

哈森夫人最近拿贝拉做了一个相当卑劣的实验。她把手伸到离他的脸非常近的地方，说：“大家注意！”

贝拉一动也没动。

“你们瞧，孩子们！”哈森夫人说，“这种现象，就是我们通常所说的睁眼睡眠。如果你们的同学贝拉的算术能力，能有他睁眼睡觉的能耐的一半，那么他的数学成绩就会名列前茅。”

哈森夫人有时候是真的很刻薄，因为贝拉当时根本就没有在睡觉。他只是在听别人说话，至少他是这么跟我说的。

当然，全班都在怪声怪气地叫唤。但即便这样，胖子贝拉也没有在意。他就不属于那种脾气暴躁的类型。

也许是因为他有外婆所说的厚脸皮吧。大部分成年人都认为，脸皮厚是一件坏事。

可我不这么认为，我认为脸皮厚是很实用的。我希望我也有厚脸皮，那么我以后就不会生气动手，因为这非常不酷。

丹妮·罗希特是班长。一旦我动手，她就会在黑板上写下我的名字，并在后面画上一条线。画满三条线，你就得抄写十遍班规；画满四条，家长就必须在一份捣乱记录上签字；画满五条，哈森夫人就会亲自打电话到你家。

“儿童警察！”外婆听了，吼道，“应该被禁止！”

“也没有无中生有嘛！”妈妈说。

“那也应该由哈森自己来管，而不是孩子！”外婆骂道，“这简直就是教小孩做叛徒！”

“外婆，什么是叛徒？”

“马上回你自己的房间！”妈妈命令道。

“叛徒就是告密者！”外婆在我身后喊道，“就是你同学当中的叛徒！”

当然，并不只有动手打人会被记过。丹妮·罗希特已经宣布，近日起，值日生也有权画线。

你不知道值日生是干什么的？好吧，他们得擦黑板、打扫教室，并且监督我们把鞋子脱在走廊上并摆放整齐，因为我们在教室里必须穿拖鞋。此外，值日生还得监督我们每个人自己带拖鞋，并确保我们不会忘记。一旦他们发现教室门口有一只鞋摆得不整齐，他们就会把鞋子扔到教室里，边扔边喊："这是谁的鞋子？"然后，你必须迅速抓起你的鞋子，把它放到外面来，整齐地排在另一只鞋子旁边。如果你动作太慢，你的鞋子就会消失在垃圾桶里，然后，你就会被画上一条线。

如果你忘记带拖鞋两次，也会被画一条线。这也是丹妮·罗希特规定的。

这一切真的很招人烦。我这一辈子绝对不会自愿报名去当一名值日生。这并不是说我想逃避擦黑板，不是的，我只是单纯地不喜欢去记别人的过错。我可不是什么告密者，也不愿意做告密者。

话说回来，生气动手一点儿也不酷，而且坏处不只这一点。

舒尔特－迈尔巴夫人成立了一个“不动拳小组”。

那些总是喜欢发怒打架的人，必须参加小组会议。到目前为止，该小组只有三名成员：塞巴安·舒尔、马库斯·维克和里奥纳·劳格。

里奥纳·劳格是我的同班同学。他是我认识的个子最小的男孩。外婆说，他有生长障碍。外婆还说，个子矮小对女孩来说，不是什么大不了的事，但对男孩来说就是……

“一个灾难，一个真正的大灾难。这样的男孩以后搞不好会得拿破仑综合征。”外婆说。

拿破仑是个法国人，他也没怎么长个儿。后来他当了皇帝，对欧洲几乎所有的国家都发动了战争，并且经常获胜。外婆说，如果拿破仑的身高正常，世界上的其他地方就会免受很多苦难。

不知为何，我有点儿为里奥纳·劳格感到难过，即便他是一个不折不扣的讨厌鬼。如果我也被迫加入“不动拳小组”，那我就死定了。

虽然里奥纳是我认识的最矮的男孩，但是他的嘴巴是最大的。

还有更糟糕的，他没法儿闭嘴。哪怕哈森夫人已经第三次点他的名，叫他遵守纪律，他也总要抢着讲最后一句话。

我想，哈森夫人现在已经放弃他了。其实，只要里奥纳调皮捣蛋，她就应该把他请出去，叫他站在门口。只不过那样的话，里奥纳很可能就干脆不上课了。所以，哈森夫人仅仅使个眼色，就转身面向黑板继续讲课了。

在我们面前，里奥纳的表现就更可恶了。最近，他净说些变态的东西。比如在游泳课上，他经常溜进女生的更衣室，因为他就想让女孩子们尖叫。他用毛巾裹着肚子，然后做些奇怪的动作。真是变态，叫人恶心！

“这都是青春期的男孩子容易干的傻事！”外婆说，“最好的办法就是根本不理他，别一看见他这样就尖叫！要是没有人再尖叫了，他也就消停了！”

也许，外婆是对的，但我没法验证，因为我们班的女生这一辈子，都改不掉尖叫的习惯。

班上的男生都很崇拜里奥纳，因为他敢于做别人不敢做的事情。每当他在那儿发表他的愚蠢言论时，他们都会咧着嘴笑。

只是前天没有人笑了。因为前天，里奥纳动手了，不，他简直是发神经了。当着全班同学的面，他在米勒小姐的肚子上打了一拳，故意的，而且还加了助跑。而这只是因为米勒小姐说，她没兴趣陪他玩他的把戏，在他试图扮演大男人之前，他应该先长大一点儿才是。

于是，里奥纳就采取了助跑的方式，在她的肚子上狠狠地打了一拳。

米勒小姐的脸色一下子变得惨白，双手紧紧抓住讲台。我发誓，要不是米勒小姐不允许，我一定一拳奉还。然后，她出去把舒尔特－迈尔巴夫人叫了过来。自那以后，里奥纳·劳格就成了“不动拳小组”的第三个成员。他们每周二第四节课后都要开会。到目前为止，没有人知道他们开会时都做些什么。这是最高机密，但我一定会查清楚的。

如果你的个子像我这么矮小，查起事情来会容易很多，因为大人们经常会忽略你。

算他们大人倒霉，而我却很走运，因为，你们知道的，我……只是个小孩。

第七篇

有奇迹发生

有一种日子，它的开端是如此的美好，好到你会想让时间停止。

今天就是这样一个日子。闹钟还没响呢，我们家的门铃就响了。

我跑到窗前，看到外婆站在门口，手里拿着一个巨大的纸箱，上面还绑了一个红色的蝴蝶结。我震惊到心脏几乎要停止跳动。

不会吧，不会的，不可能，不可能……我飞奔着冲下狭窄的楼梯，拽开大门。

外婆笑着把纸箱推到我怀里。

“早上好啊，你们这些懒虫！”她大声喊道。

“天呐，我妈！”卧室里传来妈妈的抱怨声，

“现在还是半夜啊！”

“嗯，难怪这孩子在学校里成绩不好。”外婆对我说，“顺便告诉你，你妈以前也总喜欢赖床，她的起床气可不轻呢！”

“你说什么？”妈妈惊呼道。

“我说，你从小就有低血压！”

外婆推着我和箱子，一起走进挂着猫咪海报的房间。

“天呐！”她感叹道，“这个猫爬架简直太完美了！”

与此同时，我解开蝴蝶结，打开盖子……它就坐在里面。

小小的，像一只毛茸茸的拖鞋，对着我“呼噜呼噜”直吼。它是一只白色带黑斑点的小猫，粉红色的鼻子，深蓝色的眼睛。而且，它真的在冲我吼。

“它这样叫只是因为它很兴奋。”外婆解释道，“你把它抱起来！”

于是，我把小猫从盒子里抱出来。它轻得像根羽毛。我小心翼翼地让它靠在我身上，轻轻挠挠它的耳朵。它开始发出非常轻柔的呼噜声。

“我的小猫咪，”我低声唤道，“我最亲爱的小猫咪。”

外婆从厨房走出来，取来了两个碗。一个装了水，另一个装了干粮。

“你绝对不能把水和食物放在一起！”她说，“猫从不在它吃东西的地方喝水。所以，你可以把装食物的碗放在长椅上，把装水的碗放到门边！”

我一边抚摸我的小猫，一边点了点头。

“好了，”外婆继续说道，“现在只差一个猫砂盆了。我认为，最合适的地方就是放在楼梯下的过道里。你不会一眼就看到它。这一点很重要，因为猫喜欢安静地办它的事。你必须知道，猫的天性是爱干净的。它们唯一不能忍受的就是肮脏的猫砂盆。所以，要始终保持极度的清洁，明白吗？”

我一边抚摸着我的小猫，一边点了点头。

不知怎的，我感觉我被包裹在一个幸运泡泡里，正在幸福中飘荡。

此时，妈妈和艾伯哈特已经起床了，正惊讶地站在我的房间里。

“我的天呐，它也太可爱了吧！”妈妈小声地说。她靠在艾伯哈特宽阔的胸膛上，用梦幻般的眼神望着小猫。

“真是超级可爱！”艾伯哈特咕哝道，“不过我们得事先说清楚一件事，我的摩托车房可没有小可爱的份。”

“给它起个什么名字好呢？”妈妈问道。

我咧嘴一笑。哈，这个问题我甚至连想都不用想。艾伯哈特刚刚已经说出了那个名字，就在十秒钟之前。

“小可爱！”我说，“它叫‘小可爱’！”

“好名字！”外婆说，“很特别，一般人根本想不到！”

“的确，与众不同！”妈妈说。

“是我起的耶！”艾伯哈特咕哝道。

我抚摸着小可爱，点了点头。

“那么，现在该洗脸、刷牙、穿衣服了。你得去上学。”

我今天真想待在家里。但我连想也甭想，因为妈妈固执得像头驴。

我一边抚摸着小可爱，一边点了点头。

“我们十分钟后就可以吃早餐了！”妈妈说。

“在那之前，我们得让小可爱先认识一下它的猫砂盆。你只要把它放进盒子里，用手把猫砂扒拉一下就可以了！”

我完全照着外婆说的去做了，果然！

小可爱在里面尿尿了！

“它非常聪明，”外婆说，“从现在起，它就清楚地知道该去哪儿上厕所了！它能闻到那个味道。”

我带着我的幸运泡泡，飘荡到浴室，然后又飘到厨房。我的幸运泡泡是彩色的，还闪闪发光，就像一个巨大的肥皂泡。无论我走到哪里，小可爱都寸步不离地紧跟着我。它一会儿小跑，一会儿滑倒，一会儿又在地上打滚，因为它想抓住自己的尾巴。

小可爱就是可爱。

无论是谁，见到它都会笑。就连艾伯哈特也不例外。

“好了，你安心去上学吧，”外婆说，“我留在这里，帮你照看小可爱，直到你放学回来。”

妈妈皱起了眉头。

“不，不，”外婆说着，连忙举起双手摆了摆，

“我不会洗洗刷刷，不会收拾屋子，也不会做饭，我只在这里当个猫保姆！”

妈妈深吸一口气，又再次呼出。如果有一件事是她不能忍受的，那便是外婆来插手家务。她甚至因此把外婆赶出去过。妈妈动起怒来，真的很吓人。当妈妈和外婆发生争吵时，唯一的办法就只有捂住耳朵，让自己隐身。

不，妈妈和外婆的争吵，我坚决不掺和，我还是躲在我的幸运泡泡里，飘去学校的好。因为不管怎样，大人们总是随心所欲，想做什么就做什么。

而我……只不过是个小孩。

第八篇

又一个奇迹

在学校的走廊里，里奥纳·劳格伸出一条腿，绊了我一跤。我打了个踉跄。不过，今天的幸运泡泡帮我做了个缓冲，在即将跌倒的一刹那，我的脚不偏不倚，刚好踩在他的小腿骨上。只见他痛得直咬自己的舌头。

他握紧了双拳。

我低语了一声“不动拳小组”，便径直走掉了。当我已经在长椅上坐下来换拖鞋时，里奥纳还站在原地，揉着他的腿。

在他身后，哈森夫人正拐弯过来。她以疾风骤雨般的速度向这边走来。每次进入最后一段直道时，她都是这样。我赶紧拽开教室的门，冲向我的座位。

一秒空档也没留。紧跟着的下一秒，哈森夫人便走进了教室。

丹妮·罗希特刚刚还在尖叫。看到哈森夫人，尖叫声立刻停止了。只有她的嘴还张着。

“同学们，早上好。”哈森夫人说。

“早上好，哈森夫人！”我们答道。

我们念到“哈森”的“森”字时，里奥纳·劳格正试图悄悄地溜到他的座位上。然而，没有什么能逃过哈森夫人锐利的眼睛。

“可以让我知道，你为什么迟到吗，里奥纳？”

“因为那个家伙踢了我！”

里奥纳把脸拧成一团，用手指着我。

“是这样吗？”哈森夫人用剑一般的眼神盯着我，像要把人射穿一样。

这时，有人敲门。

哈森夫人打开了门。我们的女校长走了进来，跟在她身后的是……世界第七大奇迹，我想。

黑色短发，有几撮挑染了红色；脖子上戴着那种镶了施华洛世奇宝石的项圈；身穿黑色皮夹克、紧身裤，脚上是一双高档运动鞋，每走一步都会发光的那种。

“我给大家介绍一位新同学。”校长说，“这是佐伊·布拉特。她来自纽约。从今天起，她将加入你们的班级。你们要给她讲解一下这里的一切，帮助她熟悉适应起来。”

事实上，我旁边的座位是唯一空着的，这都要归功于新的座位安排：一男一女搭着坐。最后会有一个“剩女”，写着她名字的“票”没有被抽中。

因为我们班少一个男生，所以，我的“票”就被剩下了。

而现在，来自纽约的佐伊·布拉特坐到了我的旁边！

佐伊·布拉特整个人都散发着香草的味道。

我把我的读本往她面前推了推。她给了我一根肉桂口味的美国口香糖。

我向后转过身去。

在我后面两排，坐着丹妮·罗希特。她傻瞪了我一阵子，然后就和苏菲·桑德曼窃窃私语起来，还发出“咯咯”的笑声。

哈森夫人继续讲课。

我可是获得了明令，可以跟佐伊·布拉特说悄悄话，因为我得给她讲解这里的一切。但我根本不需要这样做，因为佐伊低声对我说，她在纽约的德语学校里早已熟悉了这一切。

“你今天下午到我家来玩吧？”我低声说道。

“当然好啦，我很想去，如果我妈同意的话。”佐伊低声回复道，“几点？在哪儿？”

我在佐伊的新作业本上写下了我们家的新地址。

“把你的 phone number 也写上吧！”佐伊轻声说。

她用英语说的“电话号码”，这听起来可比德语好听多了。

佐伊在肉桂口香糖的包装纸内侧也写上了一串数字。

“这是我的 phone number。”她说着，把纸条推到我的面前。

课间休息时，丹妮·罗希特和她的朋友们跑到我们的桌子跟前来。她把佐伊从上到下打量了个遍。

“嗯……所以，你来自纽约，”她坏笑着说，“那里的人都是这样走路的吗？”

“你什么意思？”佐伊问道。

丹妮·罗希特做了一个摇头晃脑的动作，把她的齐腰长发往后一甩，然后指了指佐伊的头发。

“哇，真是五彩斑斓，够蓬够乱呐。我姨妈的狗也是这样的发型！相当不酷，你们不觉得吗？”

丹妮的朋友们都“咯咯”地笑了起来。

这会儿，佐伊已经站了起来，用眼睛把丹妮从头到脚扫了一遍，然后耸了耸肩。

“哎呀，反正我们在纽约，肯定不像你这样晃来晃去。粉红色亮片片，还有所谓的‘我特意留长的’长发……呵，如果你问我的意见，这发型简直过时得不能再过时了。不过，你完全不用在意，毕竟，你不知道也不是你的错！”

佐伊向我眨了眨眼。

“我现在需要呼吸一点儿新鲜空气。你一起来吗，汉娜？”

我们还没走到外面，佐伊就“扑哧”一声笑了起来，说：“你看到她的脸色了吗？这可够她受的！我差不多都要同情她了！”

“大可不必！”我笑道，“那是我们的班长，她总认为她是班里最酷的睡衣派对女王！”

“睡衣派对？”佐伊笑道，“你刚刚说的真的是‘睡衣派对’，对吗？在纽约，这是幼儿园的小孩才会干的事！”

她用英语说的“幼儿园”，真是太好听了，而她的笑声绝对发自肺腑。

我想，她就是那个对的人，会成为我最好的朋友的人。

妈妈曾经说过，我小的时候经常追着大一点儿的女孩跑，边跑还边喊：“姐姐，姐姐，等等我！”

妈妈说，这几乎撕碎了她的心。

“如果你追着别人跑，我的宝贝，你是不会找到朋友的！”妈妈说，“但是有一天，当你根本没有料到的时候，她会突然站在你面前，而在那一刻，你就会知道：那个人，就是她——我最好、最好的朋友。”

而现在，我就有这种感觉。就是现在，此刻，当佐伊·布拉特用英语说“幼儿园”的时候。

里奥纳·劳格发誓要报仇。

他的复仇行动在课间大休之后立马就开始了。当然，在此之前，他已经又尝试了一次，在哈森夫人面前说我的坏话。只不过那会儿，哈森夫人说她没有时间处理这些琐事，让里奥纳在周五的班委会上陈述情况。

要等一个星期？这……里奥纳可忍不了，他想在此时此刻此地报仇。

在下一节课上，他开始用嚼过的、烂乎乎的废纸团打我。这简直太恶心了。更糟糕的是，他不光打我，还打到了佐伊。而佐伊完全是无辜的。

被打中三次之后，佐伊伸出手臂，对着哈森夫人打了个响指。这时的哈森夫人正在朗读一个奇怪的、关于面包的故事。她不想被打断，干脆充耳不闻，继续朗读。

这时，佐伊·布拉特站了起来，用指尖夹起那些被嚼得烂乎乎的废纸团，把它们径直搬到了讲台上，丢在那里，精准地摆在哈森夫人的鼻子底下。

"请你立马把它们扔到废纸篓里去！"哈森夫人厌恶地叫道。

佐伊·布拉特坚定地盯着她的眼睛。

"我不会那样做的！"她回答道，"这不是我的东西，这是坐在我们后面一排的那个小个子男生扔的。"

哈森夫人僵住了，像石化了一样。已经很久没有人敢这么做了。

"里奥纳·劳格，"她用嘶哑的声音命令道，"你——现在就把你那恶心的垃圾扔进废纸篓里！然后，你自己到舒尔特－迈尔巴夫人那里去报道。佐伊和汉娜跟你一起去。”

教室的门还没完全关上，里奥纳·劳格就向我和佐伊扑了过来。他已经愤怒到整张脸都完全扭曲了。佐伊以迅雷不及掩耳之势迅速转了个身，里奥纳·劳格就一下子扑到了地上。

他躺在那里，目瞪口呆地瞪着佐伊。这一跤摔得他完全说不出话来。

“这叫柔道，”佐伊说，“最适合对付你了，你最好给我记住！你打不过我的！你来一次，我教训你一次，每次都会让你底朝天！所以，你休想动我和汉娜！现在，赶紧起来吧！”

里奥纳挣扎着爬了起来。

“你会为此付出代价的！”他喘着粗气说，“我要去告诉舒尔特－迈尔巴夫人！”

“我不相信你会去告状！”佐伊冷笑一声，回答道，“因为那样的话，全校的人都会知道你是一个多么没用的窝囊废！被一个女生打得四脚朝天，这也太光荣了吧！”

伴着愤怒的呼号声，里奥纳向舒尔特－迈尔巴夫人的办公室冲去。

“刚才好酷啊，佐伊，真是太酷了！”我赞叹道。

“咳，哪有，”佐伊满不在乎地挥挥手，“只是柔道而已，没什么大不了的。在纽约，学校的体育课上就能学到。如果你有兴趣，我今天下午可以教你几招。”

我带着我的五彩幸运泡泡，飘回了家。我打开后门，飘浮着穿过走廊。新房子里空空如也，连外婆也不在。

我飘进我的房间，唤着小可爱。

我听到轻轻的“喵喵”声。果然，小可爱正躺在它的猫爬架上的窝里，而我以前的毛绒狮子就躺在它的旁边。

在写字台上，我发现了外婆留的一封信：

亲爱的汉娜：

我现在要走了！照顾好小可爱，不要忘了清理猫砂盆！

亲亲，你的外婆

PS：注意，千万不要让小可爱跑进摩托车房里，艾伯哈特会变得非常粗暴的！

变得非常粗暴？真是一派胡言！至少对我不会！艾伯哈特对我很好，我从来没有和他真正吵过架。

有时，我几乎觉得我对艾伯哈特来说是隐形的，特别是在他擦拭他的摩托车的时候。

可能，这是因为我的个子小吧。不过，我完全可以放心大胆地当我的小个子，因为我……只是个小孩。

第九篇

妈妈不回答

真是奇怪，就在圣诞节前夕，大人们都变得晕头转向，精神失常了。

佐伊·布拉特认为，问题出在肉桂身上。

“你有没有想过，在圣诞节之前，人们会吃掉多少肉桂？”

佐伊总会想些奇奇怪怪的事，而我不会。

我只看到，每个人都处于十分紧绷的状态。而且越是临近圣诞节，就越是如此。

今年，艾伯哈特·迈斯特曼尤其紧张。

一大早他就闷闷不乐地从卧室走出来，整个人像发了霉似的，然后紧锁着眉头坐到早餐桌前，一句话也不说。当妈妈轻轻地碰碰他，温柔地叫他

“我的小迈斯特曼”时，他龇牙咧嘴、叽里咕噜地自言自语了一些我们听不懂的话。他以前从没这样过。

“哦，天呐，不会有什么坏事要发生吧！”当我告诉外婆这件事的时候，她这样说道。

“我和你的第二任外祖父就是这样开始的……三个月后，我们就离婚了。”

“可是外婆，你说过，一起买了房子的夫妻是不会分开的！”

“从统计的数据上来看，是这样的，但话又说回来，例外的情况也不是没有。”

我不明白外婆的话，我也根本不想明白。

“你知道吗，我的宝贝，生活就是不断变化的。”

这又是一句“外婆名言”。但我真的不想要改变，我希望一切都保持原样。

佐伊刚刚经历了这种变化。她的父亲爱上了一个新的女人，这就是为什么佐伊的妈妈再也无法继续待在纽约了。

“突然之间，一切都没了。”佐伊说，“房子、学校、城市、我的朋友们，一切的一切。”

于是，佐伊家就搬来了这里。

“不过有一点是好的，”佐伊说着，咧嘴一笑，“现在我终于有了一个最好、最好的朋友。”

妈妈说，艾伯哈特可能正在经历中年危机。他这个年龄的男人差不多都会得，这是一种病，得了之后就会对什么都不满意。

“它通常在冬季爆发，”妈妈说，“因为冬天黑暗的时间太长了。人要开心，就需要幸福荷尔蒙，而只有太阳才能让人体产生这种荷尔蒙。太阳，或者非常明亮的替代光线。”妈妈说，“所以，圣诞节我会送艾伯哈特一盏日光灯。你会看到，一切都会好起来的，我的宝贝！”

“真棒！”佐伊说着，皱起了眉头，“可惜我妈妈不懂日光灯的事……也许这就是一切错误的根源！”

现在，到处都弥漫着圣诞节的味道，学校也不例外。米勒小姐和舒尔特－迈尔巴夫人跟房屋管理员一起，在休息大厅里挂起了一个巨大的、由绿色的冷杉枝条编成的节日花环。它看起来有点儿奇怪，因为它挂得很低。

“必须挂这么低，这样一来，即使它掉下来，也不会砸死人。”米勒小姐说。

美术课上，我们用秸秆制作星星。我回家的路上所有经过的房子，全都为迎接圣诞节做了装饰。夏天挂在窗户上的爱心，已经被闪烁的星星所取代，毛茸茸的圣诞老人也高高地爬上了房屋的墙壁。

外婆在她的走廊门上，挂了一个内置运动探测器的小小的毛绒圣诞老人。每当有人走过门口时，圣诞老人就开始唱歌。

“祝你圣诞快乐，祝你圣诞快乐，祝你圣诞快乐，祝你新年快乐！”

外婆觉得这很夸张，很搞笑。她可以通过门上

的猫眼，看着外面的人被吓到的表情。

妈妈给我们的前门围上了冷杉花环，里面有一百个小灯在闪烁。而在走廊的窗户上，从昨天开始就有一个圣诞天使，吊在一根尼龙线上飞来飞去，还拖着一个巨幅标语，上面写着“世界和平”。

可是，妈妈和艾伯哈特距离“世界和平”还有好几光年，我甚至在街上就能听到他们的争吵声，尽管所有的窗户都关着。

这很令人尴尬，我觉得，这超级令人尴尬。

跟往常一样，有两种做法。

一是如果我现在敲响门铃，暴风骤雨中的他们就得暂停；二是假如我偷偷地溜进去，就能知道他们到底发生了什么。

罗希特家的窗帘已经开始移动。

不管了，我偷偷溜了进去。

“那只猫——我的摩托车房里没有任何可翻的东西，你知道的！这里的每个人都知道！”艾伯哈特吼道。

“是啊，谁叫你总是把你愚蠢的摩托车房锁起来呢？这是你自己的错！锁起来之前，你至少先看看小可爱是否在里面吧！”

“那个畜生毁了我的皮座椅，然后还在角落里拉了一泡屎！”

“你也不能怪小动物啊，它又没办法。毕竟，是你把它锁起来了呀！”

“座椅上的抓痕永远也去不掉了！还有，好臭啊！”

“我以为你已经买了划痕险！”

（欢迎）

“但是猫抓的没法理赔！”

“我相信我的母亲肯定知道如何去除这种臭味！”

“快别再提你的母亲了！如果不是你的疯妈妈，我们也根本不会有一只猫！”

“你必须收回刚才那句话！”妈妈的声音明显

带着怒气，“你现在就把那句话收回去！我妈妈没有疯！”

我已经听够了。我又偷偷溜了出来，然后敲门。

是妈妈开的门。她看起来很受打击，眼睛红肿。

“怎么了？”我问道。妈妈没有回答。

“你们吵架了吗？”我继续问。妈妈没有回答。

“你哭过了？”我又问。妈妈还是没有回答。

“艾伯哈特要搬走吗？”我接着问。妈妈仍然没有回答。

这时候，小可爱跑了过来，蹭着我的腿。

“回你的房间去！”妈妈说，“还有，把猫也带走！”

我打电话给佐伊。

“看起来不妙，”她说，“希望你们的日光灯不会来得太晚。”

“这都是因为我的猫！”我啜泣道。

“现在先别紧张，汉娜！”佐伊说，“你的猫和你一样，他们吵架跟你们没有关系！相信我，不管怎样，大人们都会做他们想做的事。如果他们想吵架，他们就会吵，不管有没有猫。”

是的，这是实话，我觉得，的确是这样！反正，大人们总是想做什么就做什么，而我……只不过是一个小孩。

第十篇

登机的偶遇

并没有什么坏事发生。这回外婆真的算错了。吵架就是吵架，可能就是因为冬天的情绪不好，这很正常。

因为从昨天起，艾伯哈特又开始叫妈妈“我的小蜜蜂”了。他们走到哪里都会亲吻。妈妈叫他“摘云侠”。

昨天晚上，他们两个人召开了一次家庭会议。

“亲爱的汉娜，”妈妈说，“亲爱的汉娜，我们有事跟你说。”

她眼冒爱心地看着艾伯哈特。我感到一阵不适。

他们不会是要结婚吧？外婆说过，妈妈现在还可以生别的孩子。但我不想要任何兄弟或姐妹。我已经有了一只猫，还有一个最好的朋友，我在新房子里有两个房间，这就够了。

“亲爱的汉娜，”妈妈说，“你觉得，如果我们圣诞节……”

“绝对不行！”我喊道。

“你还根本不知道我要说的是什么呢。”妈妈说。

艾伯哈特点了点头。

“好，重来一次。”妈妈说，“你觉得，我们在圣诞节……”

“结婚？”我用颤抖的声音问道。

妈妈叹了口气。

“可以让我说完吗，汉娜？我们想去特内里费岛*过圣诞节。艾伯哈特的同事在那里有一套公寓，我们可以租个十天。当然，你得知道，特内里费岛上每年这个时候的气温大概是二十五摄氏度，从天气上来说，不会像这里有圣诞节的气氛。”

“你是说艾伯哈特不需要日光……”

“你能不能先闭嘴！”妈妈瞪大了眼，压低声音道，“那是个惊喜！”

---

* 是西班牙加纳利群岛八个岛屿中最大的一个岛。

艾伯哈特扬起眉毛，显得很惊讶。

“你同意我们去那里庆祝圣诞节吗？”妈妈问道。

“那小可爱呢？”我问。

“外婆会照顾好的！”妈妈说，“你知道的，你外婆是这个世界上最好的猫咪保姆。”

“那里有游泳池吗？”

“当然！”艾伯哈特说。

“还有，我在那里可以有自己的房间，不用总是看着你们接吻吗？”

妈妈羞涩地笑了笑。

“嗯，你在那里当然有自己的房间，甚至还有自己的浴室！”

其实，我很期待和小可爱一起在新房子里过圣诞节。实际上，我希望在圣诞节里能和佐伊一起玩。事实上，我根本没有兴趣去特内里费岛过圣诞节，阴凉处都有二十五摄氏度，搞不好再弄个晒伤的鼻子回来。

“唉，小汉娜，给自己一点儿动力嘛！”妈妈说，“我知道你不怎么喜欢旅行，可是艾伯哈特和我非常想出门，而且也就十天而已。”

“那你们能保证在那里不会吵架吗？”

“我对天发誓！”妈妈和艾伯哈特异口同声道。

“如果我还是说不呢？”

“那我们就留在这里，继续吵架！”

“可我真的必须一起去吗？”

“那是当然了，我的宝贝，毕竟这可是圣诞节呀！”妈妈说。

我不知道为什么，但就是突然有种“我——不过是——这儿——的——孩子”的感觉。去特内里费岛过圣诞节的事，一早就已经决定了，他们这会儿问我的意见，能有什么用？反正，他们总是做他们想做的事。

十二月二十一日，打包好的行李箱被放在了走廊里。

我和佐伊·布拉特坐在我们房子前的围墙上。这是十二月里异常温暖的一天，草坪上盛开着三朵雏菊。

佐伊从口袋里掏出最后一包肉桂口香糖，递给我。

“这是给你的圣诞礼物！这样，你在特内里费岛上就不会把我忘了。”

对面的房子里，丹妮·罗希特打开了她的窗户。

“你们要不要过来？我们烤了肉桂星！”

佐伊和我面面相觑。

“太甜，太黏了！”佐伊喊道，“你知道吗，那些总是在圣诞节发疯的人，都是因为吃了太多的肉桂。”

丹妮站在窗框后面，张大着嘴，看起来相当愚蠢。

“你这是什么意思，佐伊？”

"这是给你的圣诞谜语，丹妮！"佐伊喊回去。

丹妮·罗希特又把窗户关上了。

"真是太蠢了！"佐伊说。

"没错。"我点点头，虽然不知道她指的是丹妮，还是特内里费岛。

"太可惜了，你不能一起去。"我说。

"太可惜了，你不能不去！"她说。

伴随着刺耳的轮胎声，外婆拐进了我家的车道。

"我刚从森林里来，孩子们，我必须说，这里很有圣诞节的气氛！"她赞叹道。

"哦，外婆！"我叫道。

"哦，汉娜！"外婆回应道，"嗨，佐伊，你烤了棉花糖吗？"

佐伊不得不笑着回应："还没有，克尼斯佩尔夫人，我们要到圣诞前夜才会烤。不过那些袜子已经挂在烟囱旁了！"

"嗬，至少也算做了点儿准备！"外婆说。

之后的一切，像被按下了快进键一般。出租车来了，艾伯哈特搬出了行李箱，外婆给了我一个告别之吻。佐伊说："我们电话联系！"话音未落，我们就已经在路上了。

出租车上的收音机里播放着妈妈最喜欢的歌曲——海伦娜·菲舍尔的《整夜难以呼吸》。当然，妈妈肯定会跟着唱。艾伯哈特在一旁翻了个白眼。

机场超级大，还有像跑步机一样的自动人行道。当你走在上面时，就像穿上了七里靴，速度飞快。我努力跟上妈妈和艾伯哈特的步伐。安检完之后，我们就朝着登机口走去。人们管上飞机叫"登机"。

我们站在队列中，等着检查登机牌。此时，一位金色长发的女士走到了柜台前。她戴着太阳镜，尽管室内并没有太阳。

我向后转过身，只见艾伯哈特·迈斯特曼正全神贯注于我们的登机牌……而妈妈……妈妈的脖子上突然印满了红斑，呼吸也变得急促起来。

"妈妈？妈妈？"

妈妈没有回答。

我拽了拽艾伯哈特的袖子。

"妈妈怎么了？艾伯哈特，你快看！"

妈妈看起来好像想说什么，可她的嘴发不出任何声音。现在艾伯哈特也担心起来。

“你要坐下来吗，小蜜蜂？”他问道。

妈妈使劲摇摇头。

“快、快看……看那儿！”她结结巴巴地说，“那是……是……海伦娜·菲舍尔！”妈妈喊道。

戴墨镜的女士转过身来。她的眼睛在黑暗的镜片后面闪烁。如果眼神可以杀人，那妈妈现在就会原地死去。女人摇了摇头，穿过隔离带，走了进去。

“请你冷静点儿，小蜜蜂！”艾伯哈特说道。

“可我认出她了！是她！百分之百就是她！我认得海伦娜·菲舍尔！”妈妈说。

艾伯哈特又翻了个白眼。

“可是，小蜜蜂，依你看，世上三分之一的女人都长得像海伦娜·菲舍尔！更何况，她的脸还藏在墨镜后面呢！”

“可我就是认出了她！”妈妈就像一个不依不饶的小女孩。

周围的人已经开始窃窃私语了。好在我已经练习过隐身。我不动声色地站到艾伯哈特身后，这样大家就都会以为我是别家的小孩。

上了飞机，他们让我坐在靠窗的位子。那真的是最好的座位。我看到房子变得越来越小，我看到河流蜿蜒地穿过田野和草地。云层之上，阳光灿烂，这里的天空和九月一样蓝。

妈妈已经平静下来了。她把头靠在艾伯哈特的肩膀上，轻轻地哼着《整夜难以呼吸》。

艾伯哈特用他的大手举着一份体育报，强迫自己开始阅读。海伦娜·菲舍尔现在一定正在头等舱里喝着香槟酒吧。我把头靠在窗户上，静静地听着飞机引擎的轰鸣声。

一切都很美好，我心想，一切都是最好的安排。

即便一切不是现在这样，我也改变不了什么。因为，我叫汉娜，我……只是个小孩！